经典代表作 Ⅰ

汪国真

作家出版社

目录

年轻的潮

跨越自己 .003

真想 .004

给我一个微笑就够了 .005

母亲的爱 .006

雨西湖 .007

即便成功使我们声名远扬 .008

怀想 .009

昨日风景 .010

写生 .011

无题（一） .012

悼一位老人 .013

有一段时间 .014

不要赞美我 .015

海岸 .016

含笑的波浪 .017

黄昏偶拾 .018

只要明天还在 .019

永恒的心 .020

祝愿 .021

又是雨夜 .022

咏春 .023

多一点爱心 .024

是否 .025

那把伞 .026

剪不断的情愫 .027

如果 .028

叶子黄的时候 .029

江南雨 .030

景山观夜 .032

镜子 .033

小湖秋色 .034

分手以后 .035

假如你不够快乐 .036

回首 .037

雨 .038

风 .039

初夏 .040

幸运 .041

心中的玫瑰 .042

月明星稀的晚上 .043

远点 .045

流行色 .046

有云的日子 .047

一夜 .048

青春时节 .049

倘若才华得不到承认 .051

为难 .052

少女 .053

默默的情怀 .054

我能告诉你的 .055

我喜欢自然 .056

自爱 .057

旅行 .058

生命之约 .059

能够认识你,真好 .060

你可知道 .061

生命总是美丽的 .062

或许 .063

海边 .064

独白 .065

钢琴 .066

给友人 .067

人不长大多好　.069

不能失去的是平凡　.070

只要彼此爱过一次　.071

美好的愿望　.072

年轻的风

举杯　.075

也许　.077

路灯　.078

山高路远　.080

思念　.081

泪与旗　.082

月光　.083

失恋使我们深刻　.085

春的请柬　.086

让星星把我们照亮　.087

留学　.089

相信自己　.090

思　.091

夏，在山谷　.092

豪放是一种美德　.094

让我们彼此珍重　.095

叠纸船的女孩　.096

请跟我来 .097

南方来信 .098

我不期望回报 .099

迟到 .100

许诺 .101

雪 .102

祝你好运 .104

我为爱 .105

舞会 .106

弯弯 .108

淡淡的云彩悠悠地游 .109

请听我说一句话 .110

致陌生的朋友 .111

风不能，雨也不能…… .112

咖啡与黄昏 .113

我微笑着走向生活 .114

把夜还给我 .116

诽谤 .117

校园的小路 .118

音乐 .119

白栅栏 .120

秋景 .122

我不再等待 .123

生活 .124

别这样 .125

选择 .126

毛毛雨 .127

愿望 .128

我把小船划向月亮 .129

那凋零的是花 .130

两个人的故事 .131

我还是想 .132

告别，不是遗忘 .133

海滨夜话 .134

神奇的宫殿 .136

忍受 .137

历史 .138

人在冬天 .139

不问，是理解 .140

高山之巅 .141

赠 .142

面对春天的期待 .143

缅怀 .145

年轻的思绪

  热爱生命 .149

  旅伴 .150

  小城 .151

  前边,有一座小桥 .152

  线条 .153

  苦涩的芬芳 .154

  让我们把生命珍惜 .155

  馈赠 .156

  美好的情感 .157

  看海去 .158

  妙龄时光 .159

  一个梦 .160

  女演员 .161

  给父亲 .162

  悄悄话 .163

  洁白的歌 .164

  旅程 .165

  想象 .166

  凝视 .167

  应该打碎的是梦 .168

  南方和北方 .169

无题（二） .171

晚归 .172

你来 .173

春天来了 .174

致理想 .176

读书的少女 .177

雨夜 .178

荣誉 .180

无题（三） .181

冬天的童话 .182

纪念 .183

如果生活不够慷慨 .184

秋日的思念 .185

感叹 .187

白雪情思 .188

感谢 .189

雪野 .190

桥 .191

三月 .192

不仅因为 .193

致我的热情 .195

思想者 .196

孤独 .197

我已经长大了 .198

惟有追求 .200

但是，我更乐意 .201

为了明天 .202

我的河 .203

走，不必回头 .204

惜时如金 .206

古剑 .207

春天的儿女 .208

期望 .210

友情 .211

真的 .212

我知道 .213

请你原谅 .214

致友人 .215

开头 .216

送别 .217

过去的岁月 .218

日子 .219

失落 .220

常常 .221

岁月，是一本书 .222

过去 .223

感觉 .224

生命之爱 .225

总想爱得潇洒 .226

她 .227

别等 .228

有时 .230

祝福 .231

我愿 .232

梦中的期待 .234

年轻的潮

跨越自己

我们可以欺瞒别人
却无法欺瞒自己
当我们走向枝繁叶茂的五月
青春就不再是一个谜

向上的路
总是坎坷又崎岖
要永远保持最初的浪漫
真是不容易

有人悲哀
有人欣喜
当我们跨越了一座高山
也就跨越了一个真实的自己

真想

真想为你做点什么
因为 我总觉得所欠太多
你仿佛是结满浓荫的枝柯
遮蔽着我 一个疲惫的跋涉者

真想回报你以温暖
我却不是太阳
真想回报你以雨水
我又不是云朵

真想了却的心愿不能了却
这不只是遗憾 也是折磨

给我一个微笑就够了

不要给我太多情意
让我拿什么还你
感情的债是最重的啊
我无法报答　又怎能忘记

给我一个微笑就够了
如薄酒一杯，像柔风一缕
这就是一篇最动人的宣言啊
仿佛春天　温馨又飘逸

母亲的爱

我们也爱母亲
却和母亲爱我们不一样
我们的爱是溪流
母亲的爱是海洋

芨芨草上的露珠
又圆又亮
那是太阳给予的光芒
四月的日子
半是烂漫　半是辉煌
那是春风走过的地方

我们的欢乐
是母亲脸上的微笑
我们的痛苦
是母亲眼里深深的忧伤
我们可以走得很远很远
却总也走不出母亲心灵的广场

雨西湖

西湖细雨里
一片苍茫
不见了莺飞草长
苏堤长长　白堤长长

有多少雨滴
就溅起多少幻想
西湖友人笑我
晴也寻常　雨也寻常
如此，波光水色
不尽枉然
唉，最好　西湖不是故乡

即便成功使我们声名远扬

即便有一天
成功使我们声名远扬
我们又怎能忘却
心中的梦想
怎能忘却　昨夜窗前
那簇无语的丁香

大路走尽　还有小路
只要不停地走
就有数不尽的风光
属于鲜花　微笑　和酒杯
怎比得属于原野　清风　和海洋

怀想

我不知道
是否　还在爱你
如果爱着
为什么　会有那样一次分离

我不知道
是否　早已不再爱你
如果不爱
为什么　记忆没有随着时光流去

回想你的笑靥
我的心　起伏难平
可恨一切
都已成为过去
只有婆娑的夜晚
一如从前　那样美丽

昨日风景

我不知道
有多少个星辰
醉心其间
挥一挥手
又怎能抹去
这不绝如缕的眷恋

哪怕前面的风景
更美更好
我都无法
轻抛过去　一展笑颜
尽管人生告别寻常事
真告别时　却又难说再见

写生

你好,原来你在这里
金色的树林
绿色的草地
阳光展开的斑斓裙裾

少年,用十六岁
支起欢乐
支起幻想
支起希冀

丹青妙手
不必
不必
十六岁
正是画不出的年纪

无题（一）

年龄
总是如期而来

忧愁
总是不请自来

不幸
总是突如其来

而你
为何　总也不来

悼一位老人

时光可以抹去春天的容颜
却抹不去春天的气质
当大地落满皑皑的白雪
又需要什么来为它装饰

季节总要变幻
不变的是那双眼睛
亲切而睿智
当那一天
他溘然离去了
雪花啊
整整　落了一日

有一段时间

随意的时候很少
失意的时候很多
有许多美丽的渴望
转瞬都成了泡沫

心很冷的时候
太阳也失去了光泽
好像没有使人高兴的事情
只独自嚼着苦涩

拨响凄清的吉他
唱一支悲凉的歌
在很深很深的怅惘里
等待命运转折的时刻

不要赞美我

总是觉得
愧对那些期待的眼睛
过去的一切
仿佛是一个
极易破碎的梦

我只是把
心灵孕育的种子
虔诚地撒在了大地上
不曾想　它们
真的长成了树
长成了一片风景

不要赞美我
那是由于慷慨的阳光
温馨的雨
还有那微笑着走来的
暖暖的风

海岸

你总是和很多
最美丽的向往连在一起
连在一起
就像白天的我们
和梦中的自己

这该是怎样的一种绮丽
在一个旭日喷薄的清晨
徜徉在微风吹拂的沙滩上
倾听海洋蔚蓝色的呼吸

面对大海
面对无数流逝了的世纪
不知不觉　心的四周
轰然坍塌了
忧郁垒砌成的墙壁

含笑的波浪

我不想追波
也不想逐浪
我知道
这样的追逐
永远也赶不上

我只管
走自己的路
我就是
——含笑的波浪

黄昏偶拾

黄昏弥漫着朦胧
等待月儿入梦
在湖边　拣起石子
打出一串水漂
不是为了无聊
而是因为感动

只有水　才能总是
让我们情不自禁地低头
当我们低下头来
便有一种
清纯和丰沛的感觉
悄悄　注入心中

只要明天还在

只要青春还在
我就不会悲哀
纵使黑夜吞噬了一切
太阳还可以重新回来

只要生命还在
我就不会悲哀
纵使陷身茫茫沙漠
还有希望的绿洲存在

只要明天还在
我就不会悲哀
冬雪终会悄悄溶化
春雷定将滚滚而来

永恒的心

岁月如水
流到什么地方
就有什么样的时尚
我们怎能苛求
世事与沧桑

永不改变的
是从不羞于见人的
真挚与善良

人心
无论穿什么样的衣裳
都会　太不漂亮

祝愿
——写给友人生日

因为你的降临
这一天
成了一个美丽的日子
从此世界
便多了一抹诱人的色彩
而我记忆的画屏上
更添了许多
美好的怀念　似锦如织

我亲爱的朋友
请接受我深深的祝愿
愿所有的欢乐都陪伴着你
仰首是春　俯首是秋
愿所有的幸福都追随着你
月圆是画，月缺是诗

又是雨夜

因为钟情也因为留恋
一句温馨的话
便让心　浮想联翩

春花入梦　秋月入梦
积攒了四个季节的梦
拎都拎不起来了
沉甸甸

雨夜　又是雨夜
却仍然不见去年
那把淡蓝色的小伞

咏春

夏太直露
冬又不那么温柔
秋天走来的时候
浪漫便到了头

多情还夸春日
推开窗户
只一阵　清风吹来
便把心醉透

无奈却是春雨
喜上眉头偏带忧

多一点爱心

多一点爱心
少一点嫉妒
我们欠缺的那把鲜花
时光自会弥补

让我们学会爱
学会真诚地祝福
在别人快乐的微笑面前
我们的眼睛　总是清澈如水
只为自己的不幸
有时，才浮出些淡淡的云雾

或许我们会永远平凡
平凡也有宁静的风度

是否

是否　你已把我遗忘
不然为何　杳无音信
　　　天各一方

是否　你已把我珍藏
不然为何　微笑总在装饰我的梦
　　　留下绮丽的幻想

是否　我们有缘
只是源头水尾
　　　难以相见

是否　我们无缘
岁月留给我的将是
　　　愁绪萦怀　寸断肝肠

那把伞

不是所有能遮住雨的
都是伞
那无语的是树
淡漠的是屋檐

有谁能伴我
四方飘流呢
为了寻找那把伞
有好些人
在风雨中
竟跋涉了　很多很多年

剪不断的情愫

原想这一次远游
就能忘记你秀美的双眸
就能剪断
丝丝缕缕的情愫
和秋风也吹不落的忧愁

谁曾想　到头来
山河依旧
爱也依旧
你的身影
刚在身后　又到前头

如果

如果你一定要走
我又怎能把你挽留
即使把你留住
你的心　也在远方浮游

如果你注定一去不回头
我为什么还要独自烦忧
即便终日以泪洗面
也洗不尽　心头的清愁

要走　你就潇洒地走
人生本来有春也有秋
不回头　你也无需再反顾
失去了你　我也并非一无所有

叶子黄的时候

别把头低

别把泪滴

天空没有力量

需要我们

自己把头颅扬起

生活不总是宽敞的大道

任你漫步

任你驰骋

每个人都有自己

泥泞的小路　弯弯曲曲

春天的时候

你别忘记冬天

叶子黄的时候

你该记起绿

江南雨

江南也多晴日
但烙在心头的
却是　江南的
濛濛烟雨

江南雨　斜斜
江南雨　细细
江南雨斜
斜成檐前翩飞的燕子
江南雨细
细成荷塘浅笑的涟漪

江南雨
是阿婆河边捣的衣
江南雨
是阿妈屋前舂的米
江南雨
是水乡月上柳梢的洞箫
江南雨

是稻田夕阳晚照的竹笛

江南雨里

有一把圆圆的纸伞

江南雨外

有一个圆圆的思绪

江南雨有情

绵绵得使江南人不想离别

江南雨有意

密密得使外乡人不愿归去

景山观夜

夜上景山
倚古亭　临风
秋月弯成号角
吹落满天星
星海托起天边的夜
夜　很轻

赞语急速凝固
灵感全部失踪
谁也不想寻找什么
只想此刻也在夜色里消融

镜子

拿起你来
你仍然是我少年时的样子
日子,还是那么宁静
我却已不是
一首活泼天真的诗

拿起你来
常感叹岁月的流逝
那路太远
那山太高
跑也不是　走也不是

拿起你来
在心中默默祈求
岁月,无论怎样
改变我的容颜
只是　请千万保留我
最初的品质

小湖秋色

秋色里的小湖
小湖里的秋色
岸在水里小憩
水在岸上漾波

风来也婆娑
风去也婆娑
湖边稀垂柳
湖中鱼儿多

小湖什么都说了
小湖什么都没说

分手以后

我想忘记你
一个人
向远方走去
或许,路上会邀上个伴
与我同行
或许,永远是落叶时节
最后那场冷雨

相识
总是那么美丽
分别
总是优雅不起
你的身影
是一只赶不走的黄雀
最想忘却的
是最深的记忆

假如你不够快乐

假如你不够快乐
也不要把眉头深锁
人生,本来短暂
为什么 还要栽培苦涩

打开尘封的门窗
让阳光雨露洒遍每个角落
走向生命的原野
让风儿熨平前额

博大可以稀释忧愁
深色能够覆盖浅色

回首

曾总想穿过那段
最无瑕的时光
去实现所有缤纷的梦想
当回首深深浅浅的脚印
不禁顿足扼腕
恨冬日太短　夏日不长

真想把还没有走完的青春
重新再走一遍
便知该如何珍惜
每一抹黄昏　每一缕霞光
叹只叹光阴不肯倒流
从此，再也不敢懵懂与疏狂

雨

下雨了
大地溅起了一片欢乐
山谷是太浅的酒杯
盛不下欢乐汇成的河

尽管我们知道
这并不是春天
但我们还是痴迷
为了这清明的景色

然后讲一个
关于大山的故事吧
还有春光中的蝴蝶
和秋色里的野果

风

我是一棵树
愿你走来
向我亲密地靠拢
不必躲避阳光吧
青春不仅是梦

呼啸而来
款款而来
愿意怎么来
你就怎么来
只是不要改变自己
即使,夜很朦胧

初夏

从这个时候起
我们把窗棂全部打开
渴望风
从远方吹来

不惧怕乌云
我们期待雨
也不躲避阳光
我们向往安详的湖
和汹涌的海

我们从春天走来
带着青春的风采

幸运

真的，这只是一种幸运
就像那花
有的灿然在路旁
有的寂寞在荒芜的小径

我没有理由自得
就像在被人遗忘的时候
心儿也没有理由伶仃
当我接过你美丽的祝愿
竟不知道
该回赠一个
什么样的表情

心中的玫瑰

为了寻找你
我已经是　伤痕累累
青春的森林真大啊
你的声音　又太轻微

眼睛还燃烧着渴望
心已是很憔悴
真想停下来歇一歇
怎奈岁月如流水

星星在每一个夜晚来临
候鸟在变幻的季节回归
我却不知
该是等待你　还是寻找你
——心中的玫瑰

月明星稀的晚上

请你记住

这个月明星稀的晚上

蓝色的风

把沉思的菩提树

变成了哨子

轻轻地　轻轻地

吹向飘在那泓涟漪上的

一片薄薄的月光

湖边

我用真诚的珠玑

缀成一串项链

挂在你柔美的脖颈上

你流泪了

尽管这串项链

并不会发光

我要告诉你啊

我要告诉你

你再也不会孤独
因为我思念着你
你也不要迷惘
我们既已站在一起
还惧怕什么地狱
还稀罕什么天堂

远点

远点的地方
是一个迷人的梦幻
远点的女孩
是一枝清雅的幽兰
远点的山峰
是一腔火热的激情
远点的栅栏
是一曲凄婉的幽怨

远点远点
远点的石头是阑珊

流行色

她喜欢最漂亮的时装
却不喜欢穿流行色
一切都是流行
一切都不是流行

雍容也别致
随意也别致
人们都说
今年的流行色真好
可惜如蚂蚁
没人说她
她春天的颜色
便是秋天的流行色

有云的日子

要么　让霞光出来
要么　落成瓢泼大雨
有云的日子
总是很沉　很阴郁

刀在切割破碎的心
心在等待
或悲或喜的结局
生活　有时太折磨人了
只是痛苦的人
别把废墟　当成墓地

一夜

夹竹桃
在窗外轻轻摇曳
影子
在墙上一次次重叠
台灯
疲惫地睁大着眼睛
墙壁
早已累得苍白如雪

一首诗
从心头　流了出来
稿纸上
浸透着青春和血

青春时节

当生命走到青春时节
真不想再往前走了
我们是多么留恋
这份魅力和纯洁

可是不能啊
前面是鸥鸟的召唤
身后是涌浪般的脚步
和那不能再重复一遍的岁月

时光那么无情
青春注定要和我们诀别
时光可也有意啊
毕竟给了我们
璀璨的韶华和炽热的血液

我们对时光

该说些什么呢

是尤怨

还是感谢

倘若才华得不到承认

倘若才华得不到承认
与其诅咒　不如坚忍
在坚忍中积蓄力量
默默耕耘

诅咒　无济于事
只能让原来的光芒黯淡
在变得黯淡的光芒中
沦丧的更有　大树的精神

飘来的是云
飘去的也是云
既然今天
没人识得星星一颗
那么明日
何妨做　皓月一轮

为难

让进屋里
就不好意思请出门去

第一次来了
削苹果

第二次来了
洗鸭梨

第三次来了
便玩指甲刀

你最厌烦的客人
屁股总是沉甸甸的

少女

总是这样
春天来临的时候
心还没有做好准备
晚风
轻轻掀动垂落的窗帷

梦里常笑醒
醒来难入睡
在花落花开的季节
笑是醉　哭也是醉

告别过去
过去没有流着泪枯萎
迎接明天
明天该不是害羞的蔷薇

默默的情怀

总有些这样的时候
正是为了爱
才悄悄躲开
躲开的是身影
躲不开的　却是那份
默默的情怀

月光下踯躅
睡梦里徘徊
感情上的事情
常常　说不明白

不是不想爱
不是不去爱
怕只怕
爱也是一种伤害

我能告诉你的

别问我从哪里来
我把梦　已留给了
昨日的山岚
从前的日子　一言难尽
我能告诉你的是
——不是春天

别问我往哪里去
我把思念　托付给了
明日的白帆
未来的追寻　千言万语
我能告诉你的是
——只有春天

我喜欢自然

我不想故作潇洒
只想活得真实
就像无拘无束的风
在时光里轻盈地走
既不是标榜
也没有解释

我喜欢自然
就像喜欢流逝的往日
无论花丛　还是蒺藜
过去了的
总让人染上　莫名的相思

自爱

你没有理由沮丧
　　　为了你是秋日
徬徨

你也没有理由骄矜
　　　为了你是春天
把头仰

秋色不如春光美
春光也不比秋色强

旅行

凡是遥远的地方
对我们都有一种诱惑
不是诱惑于美丽
就是诱惑于传说

即便远方的风景
并不尽如人意
我们也无需在乎
因为这实在是一个
迷人的错

到远方去　到远方去
熟悉的地方没有景色

生命之约

如果到了约定的时候
我还没有来
那一定是出了　人祸天灾
房舍被夷为平地
桑田变成沧海
所有必经的道路　全都被阻塞

有许多东西
可以遗忘
——比如仇恨
有许多事情
必须铭记
——像爱和关怀

岁月慢慢风蚀着容颜
时光渐渐把窗棂打开

能够认识你,真好

不知多少次
暗中祷告
只为了心中的梦
不再缥缈

有一天
我们真的相遇了
万千欣喜
竟什么也说不出
只用微笑说了一句
能够认识你,真好

你可知道

我不想用那迷雾
把我的心灵遮住
让你凝望了半天
感觉仍是一片模糊

我不想用一道藩篱
把我的思想束缚
笑　就灿烂地笑
哭　就晶莹地哭

你可知道　你可知道
倘若我不能真实地
袒露自己
我是多么痛苦

生命总是美丽的

不是苦恼太多
而是我们的胸怀不够开阔
不是幸福太少
而是我们还不懂如何生活

忧愁时,就写一首诗
快乐时,就唱一支歌
无论天上掉下来的是什么
生命总是美丽的

或许

或许　我们纯真的愿望
终归只能成为一个美丽的梦想
或许走遍了万水千山
依然找不到太阳升起的地方
或许　正是前路漫漫
才使我们又是神往　又是忧伤
或许　正因为我们
并没有被许多或许羁绊
生命才会变得
勃勃茂盛　不可阻挡

海边

傍晚
漫步在沙滩
拾几只绚丽的小海螺
点缀苍白的灵感

海风撩起思绪
海浪轻吻脚面
就这样走啊
哪怕是永远永远

独白

不是我性格开朗
其实,我也有许多忧伤
也有许多失眠的日子
吞噬着我
生命从来不是只有辉煌

只是我喜欢笑
喜欢空气新鲜又明亮
我愿意像茶
把苦涩留在心里
散发出来的都是清香

钢琴

还没有弹

夕阳　就已流淌出

愉悦的旋律

给我　十倍于你的金钱

也无法让我

如此欢畅地呼吸

圣洁是一种感情

这种感情　价值无法代替

给友人

不站起来
才不会倒下
更何况
我们要去浪迹天涯
跌倒是一次纪念
纪念是一朵温馨的花
寻找　管什么日月星辰
跋涉　分什么春秋冬夏
我们就这样携着手
走啊　走啊

你说，看到大海的时候
你会舒心地笑
是啊　是啊
我们的笑　能挽住云霞

可是，我不知道

当我们想笑的时候

会不会

却是　潸然泪下

人不长大多好

人不长大多好
就可以用铁钩
滚月亮
就可以蹲在地上
弹星星
就可以把背心一甩
逛银河

人不长大多好
哪怕有茶叶一样香的朋友
哪怕有美酒一样醇的恋人
哪怕有野草莓一样鲜红的事业
人长大了
烦恼总是比快乐多

不能失去的是平凡

总有许多梦不能圆
在心中留下深深的遗憾
当喜鹊落在别人的枝头
那也该是我们深深的祝愿

是欢乐就与友人共享
是痛苦就独自默默承担
任愁云飘上安静的脸庞
人心永远向着善

生命可以没有灿烂
不能失去的是平凡

只要彼此爱过一次

如果不曾相逢
也许　心绪永远不会沉重
如果真的失之交臂
恐怕一生也不得轻松

一个眼神
便足以让心海　掠过飓风
在贫瘠的土地上
更深地懂得风景

一次远行
便足以憔悴了一颗　羸弱的心
每望一眼秋水微澜
便恨不得　泪光盈盈

死怎能不　从容不迫
爱又怎能　无动于衷
只要彼此爱过一次
就是无憾的人生

美好的愿望

我要用一生去实现
心中美好的愿望
即便那是一条
没有尽头的路
走向远方　又有远方

有时，感觉自己
真像一只孤独的大雁
扇动着疲惫的翅膀
望天也迷茫　望水也迷茫

只是从来不想改变初衷
只是从来不想埋葬向往
我不在乎　地老天荒
只要能够　如愿以偿

年轻的风

举杯

我们为相遇
举起晶莹的酒杯
却不知过去的生活
其实就是这次邂逅的准备
夜,张开黑色的帷幕
月,洒下温柔的清辉
雾袅袅
风微微
涌进心头的是潮水
溢出眼眶的是眼泪

昨天,我们各自
形影相吊
在小路上彷徨
今天,我们手携手
在星光下与清风共醉
人生啊
有多少痛苦

就会有多少欢乐
给你多少磨砺
就会给你多少珠贝

1985.夏

也许

也许,永远没有那一天
前程如朝霞般绚烂
也许,永远没有那一天
成功如灯火般辉煌
也许,只能是这样
攀援却达不到峰顶
也许,只能是这样
奔流却掀不起波浪

也许,我所能给予你的
只有一颗
饱经沧桑的心
和满脸风霜

路灯

街边,站立着一盏盏路灯
路灯的手
碰弯了一个个思绪
路灯的眼
拉直了一道道身影

在橘黄色的灯晕里
雪花,愈发闪亮
细雨,愈发迷蒙

一个个孩子
在高高的灯柱下长大
一个个故事
在淡淡的灯影里出生

朋友,请听我说
有灯的地方

一定会有路

有路的地方

不一定会有灯

1986.12.25

山高路远

呼喊是爆发的沉默
沉默是无声的召唤
不论激越
还是宁静
我祈求
只要不是平淡

如果远方呼喊我
我就走向远方
如果大山召唤我
我就走向大山
双脚磨破
干脆再让夕阳涂抹小路
双手划烂
索性就让荆棘变成杜鹃
没有比脚更长的路
没有比人更高的山

1985.6.26

思念

我叮咛你的
你说　不会遗忘
你告诉我的
我也　全都珍藏
对于我们来说
记忆是飘不落的日子
——永远不会发黄
相聚的时候　总是很短
期待的时间　总是很长
岁月的溪水边
拣拾起多少闪亮的诗行
如果你要想念我
就望一望天上那
闪烁的繁星
有我寻觅你的
　　　　目——光

1987.9.28

泪与旗

从沼泽中寻找真理
从芬芳里捕获诗意
从玉兰飘香的树下
和野狼出没的荒野
探寻生命的全部意义

没有谁永远幸运
没有谁永远不幸
眼泪,是生命的果
歌声,是生命的旗

在无法猜测的未来里
要么,用旗裹住泪
要么,用泪洗亮旗

1986.10.28

月光

风
水一般清凉
田野
梦一样安详
飘散的是蓝色的雾
飘不散的是银色的池塘
噢，月光

箫声
自远方游来
蛐蛐儿
在石板下轻唱
江水随思绪流走
夜露洗净了迷惘
哦，月光

星星
是月亮挥洒的泪滴

月亮
是太阳沉重的哀伤
世界的背面是憧憬
明天的明天是希望
——月光

1987.9.8

失恋使我们深刻

恋爱使我们欢乐
失恋使我们深刻
松树流下的眼泪
凝结成美丽的琥珀

笑是对的
哭也不是错
只是别那么悲伤
泪水毕竟流不成一条河

走过来
向世界说
眼睛能够储存泪水
更能够熠熠闪烁

1988.1.11

春的请柬

既然眼睛已经长得很高
既然思绪已经染得很蓝
既然感情已经变得很暖
那就张开翅膀飞吧
飞出四季做的茧

既然嫌夏天太绿
既然嫌秋天太黄
既然嫌冬天太白
那就发一张请柬吧
——邀请春天

让星星把我们照亮

让我说什么

让我怎么说

当我爱上了别人

你却宣布爱上了我

该对你热情

还是该对你冷漠

我都不能

对于你,我只能是一颗

无言的星

在深邃的天庭

静静地闪烁

闪烁,却不是为了诱惑

只为了让那皎洁的光

照亮你

也照亮我

照亮一道纯净的小溪
照亮一条清澈的小河

1986.春

留学

因为许多人羡慕
最后,竟羡慕成一帧漂亮的
风景
白鸟激荡天空
追逐一个绮丽的梦

蓝色,有蓝色的烦恼
黑色,有黑色的抒情
在异国的土地上
那些黄河水哺育的儿女们
有的,把日子过成黄昏
有的,把日子过成黎明

他们的曲子
大家都愿意欣赏
他们的故事
只好留给儿孙们听

1986.11.23

相信自己

相信上帝
不如相信自己
全能的上帝
没有奇迹
仁慈的上帝
从不给予

上帝是上帝
自己是自己

如果
非要我相信上帝
那么
我相信
上帝就是——我
我——就是自己

1985.夏

思
——题油画

只一个沉默的姿态
便足以让世界着迷
不仅因为是一尊圣洁
不仅因为是一片安谧
还因为是一面昭示
还因为是一个启迪
还因为她以现代人的形象
告诉我们
——沉思是一种美丽

1987.7.18

夏,在山谷

夏,在山谷
清冽的涧水
沁凉了空气
茂密的丛林
嬉戏着顽皮的松鼠
在一些危而不险的地方
踏青的人
折断了几根
情趣盎然的花枝
这是深深的眷恋啊
而不是一种残酷

心,只有一颗
路却有无数
比涧水清的是溪水
比溪水美的是瀑布
能把这无处不绮丽的风光
尽收笔端吗

哦，真是
忍也忍不住
画又画不出

1986.7.21

豪放是一种美德

我从眼睛里
读懂了你
你从话语里
弄清了我
含蓄是一种性格
豪放是一种美德

别对我说
只有眼睛才是
心灵的真正折射
如果没有语言
我们在孤寂中
收获的只能是沉默……

1985.秋

让我们彼此珍重

如果不那么爱慕虚荣
我们可以避免许多愚蠢的事情
当我们痛悔失去的太多
才发现原本不会失去的
只要心灵安谧　灵魂纯净

有时，我们迷失了路途
不是因为太笨
而是由于太过聪明
苍山郁郁　绿水悠悠
让我们彼此珍重

1988.6.7

叠纸船的女孩

他长大了
认识了一个
喜欢叠纸船的女孩
那个女孩喜欢海
喜欢海岸金黄的沙滩
喜欢在黄昏里的沙滩漫步

有一天
那个女孩漫步
走进了他家的门口

晚上,妈妈问他
是不是有个女孩子来过了
他回答说
没有,没有啊
妈妈一笑
问那个纸船是谁叠的

1987.1.13

请跟我来

既然所有的节日
都可以是一次开始
既然所有的开始
都可以是一次节日
那么，请跟我来
我要告诉你
一个斑斑驳驳的故事

既然春天
是你淡淡的忧郁
既然秋天
是你绵绵的相思
那么，请跟我来
让我们在黄昏里
写下青春的名字

1987.6.26

南方来信

知道了你的名字
却不知道你的面容
北方白雪飘飘
南国烟雨濛濛
你的祈愿飘在细雨里
我的祝福洒在雪花中

何必想
你是否柔情似水
何必想
你是否伟岸如松
只要　情也洁白
只要　诗也透明

1986.12.23

我不期望回报

给予你了
我便不期望回报
如果付出
就是为了　有一天索取
那么，我将变得多么渺小

如果，你是湖水
我乐意是堤岸环绕
如果，你是山岭
我乐意是装点你姿容的青草

人，不一定能使自己伟大
但一定可以
使自己崇高

1988.5.4

迟到

在你最美丽的时候
我没有看见
看见你时
已是夏天的容颜

我不知道
应该庆幸
还是应该遗憾
走出重门深锁的庭院
夏天的夜
——真好看

1986.10.27

许诺

不要太相信许诺
许诺是时间结出的松果
松果尽管美妙
谁能保证不会被季节打落

机会，凭自己争取
命运，靠自己把握
生命是自己的画板
为什么要依赖别人着色

1988.2.17

雪

在一个透明的早晨
北方
一扇橘红色的玻璃窗
被一阵阵孩子们的喧闹声
　　敲响
那个少女　醒来
窗外　已是一片白茫茫
她兴奋地跳起
让睡裙旋成一朵莲花
拉开房门
怀着一个少女的全部喜悦
她奔走在晶莹闪亮的大地上

冰雪覆盖的河边
白桦树向天空眺望
起伏的铅灰色的远山
雄浑而绵长
她用小手

捧起一抔白雪
笑了
啊,这一笑
竟把个沉寂的冬天
笑——活——了

1986.7.15

祝你好运

还没有走完春天
却已感觉春色易老
时光湍湍流淌
岂甘命运　有如蒿草

缤纷的色彩　使大脑晕眩
淡泊的生活　或许是剂良药
人，不该甘于清贫
可又怎能没有一点清高
枯萎的品格
会把一切葬送掉

祝你好运
愿你的心情　和运气一样好

1988.10.8

我为爱

我为爱而忘情
我为爱受折磨
不论忘情还是折磨
我全都勇敢地接过

欢乐的爱
那样欢乐
哪怕往往少了点思索

痛苦的爱
尽管痛苦
却常常多了些收获

1985.秋

舞会

沉重了一天的思绪
此刻,终于起锚
眼前是一片轻盈的波涛
华尔兹也是一种
愉悦的漫步
波澜深处
有一座迷人的音乐岛

或许为了遗忘
或许为了寻找
或许什么都不为
只是像一只
飞向暖巢的候鸟
当地板也激动地颤栗
夜晚的城市
不再像只忧郁的猫

这是一座旋转的森林

里边有无数河流和小路
当你像清风一样流动
你便成了向导和美丽的桥

1988.8.4

弯弯

弯弯的小径
淌着弯弯的月光
弯弯的晚风
跑来把弯弯的思绪擦亮

你，弯弯
生出一朵羞涩
我，弯弯
弹出一串爽朗

弯弯，弯弯
小径
缀满金色的音符
弯弯，弯弯
月光
流溢迷人的芬芳

1986.春

淡淡的云彩悠悠地游

爱,不要成为囚
不要为了你的惬意
便取缔了别人的自由
得不到　总是最好的
太多了　又怎得消受
少是愁多也是忧
秋天的江水汩汩地流

淡淡的雾
淡淡的雨
淡淡的云彩悠悠地游

1988.6.1

请听我说一句话

你为什么这样矜持
也许，你渴望春天
可又担心
春天会带来风沙

你为什么这样害怕
也许，你习惯了春天
惟恐，有一天
春天会像飘逝的云霞

友人，请听我
说一句话
睁大眼睛
不如举起火把

1988.2.21

致陌生的朋友

当你向我敞开了心扉
我的心　便含满了泪水
我那颗疲惫不堪的灵魂
便体验到了一股温暖　一缕欣慰

成熟的友情像浆果
陌生的呼唤如新蕊
当我遥想你
远方的橄榄树
我的胸膛顿时充溢着
天空般　莹澈的喜悦
和海洋般　深深的忏悔

1988.4.21

风不能，雨也不能……

风不能使我惆怅

雨不能使我忧伤

风和雨

都不能使我的心

变得不晴朗

坎坷

是一双耐穿的鞋

艰险

是一枚闪亮的纪念章

我是一片叶

——筋脉是森林

我是一滴水

——魂魄是海洋

1985.12.29

咖啡与黄昏

用小匙搅拌
咖啡
是在调一种温馨
用眼睛凝视
夕阳
是在体验一种悲壮

咖啡
调好了
心
散发出清香
夕阳
被浪涛吞没了
泪
早已流成了诗行

1988.2.12

我微笑着走向生活

我微笑着走向生活
无论生活以什么方式回敬我

报我以平坦吗
我是一条欢乐奔流的小河

报我以崎岖吗
我是一座大山庄严地思索

报我以幸福吗
我是一只凌空飞翔的燕子

报我以不幸吗
我是一根劲竹经得起千击万磨

生活里不能没有笑声
没有笑声的世界该是多么寂寞

什么也改变不了我对生活的热爱
我微笑着走向火热的生活

1984.4.28

把夜还给我

从小巷走上大街
让关闭已久的心扉
打开快要锈蚀的锁
路灯已然害了肝病
还立在那儿履行职责

星星亮成棋子
霓虹灯
像歹徒一样闪烁
车很多
人很多
懒成了水泥柱上的灰蛾
情绪,瞬间被碾成破碎的瓦砾
心,变得很沉默
沉默中
真想喊一声
——把夜还给我

1986.10.28

诽谤

诽谤是一把刀子
总想把无辜逼上绝路
躺倒的确可以苟活
失去的却是高度

想来的就来吧
眼泪不是我的归宿
打开黑色的窗户
让玻璃一样的目光
从苦难的囚禁里射出

1986.8.25

校园的小路

有幽雅的校园
就会有美丽的小路
有美丽的小路
就会有求索的脚步

忘却的事情很多很多
却忘不掉这条小路
记住的事情很多很多
小路却在记忆最深处

小路是条河
流向天涯
流向海角
小路是只船
驶向斑斓
驶向辉煌

1985.夏

音乐

潮汐把柔长的鞭子甩响
森林梦一般歌唱
狂飙凄厉地与太阳搏斗
乌云偷袭了皎洁的月亮

平原上的风快乐地奔走
气势磅礴的瀑布
落成令人瞠目的风光
一位慈眉善目的老人
娓娓述说一个动人的故事
把一块七彩宝石
悄悄放在你我心上

1986.11.2

白栅栏

一顶红红的圆帽
斜扣在头上
黑发弯弯的
闪动着柔和的波光
哼着一支歌谣
跨出冬天的门槛
啊，白栅栏

路，变得很短
夜，显得很长
竹叶剪出憔悴的身影
星星镀亮疲惫的目光
一缕玫瑰色的思绪
在夜空里飘荡
啊，白栅栏

长长的睫毛上
垂着两粒哀伤

心,被霜打了
梦也会死亡
死亡就死亡吧
任凭风在空谷里响
啊,白栅栏

1986.11.17

秋景

枯叶旋转着

敲打着窗棂

北风呜咽着

为远去的岁月送行

阳光仍是那么浪漫

泼洒了一地笑声

郊野走着一个人

抬头瞧瞧落叶

低头望望天空

1986.10.30

我不再等待

约会的时间已过了十分

不,我不再等待

如果她来得太晚

这是一次小小的惩罚

如果她有事不来

等待也是白挨

一味的等待

会浪费宝贵的光阴

一味的等待

会把习惯宠坏

1985.4.28

生活

你接受了幸福

也就接受了痛苦

你选择了清醒

也就选择了糊涂

你征服了别人

也就被别人征服

你赢得了一步

也就失去了一步

你拥抱了晨钟

怎么可能拒绝暮鼓

1986.春

别这样

还是别这样吧
一提到离别
你就成了一朵带雨的
梨花
我深情的叮咛
你全用眼泪作为回答

真的,别这样
没听说过吗
太多的厮守
易使爱枯萎
经常的小别
会使爱升华

1985.秋

选择

你的路

已经走了很长很长

走了很长

可还是看不到风光

看不到风光

你的心很苦　很彷徨

没有风帆的船

不比死了强

没有罗盘的风帆

只能四处去流浪

如果你是鱼　不要迷恋天空

如果你是鸟　不要痴情海洋

1988.5.14

毛毛雨

毛毛雨翩然飘下
飘上我们热烘烘的脸颊
在一片幽长的密林下
你两潭湖水般清澈的眸子
在对我说深情的话

小路,水榭,桃花
一切都是那么美丽、安详
只有风调皮地悄悄走来
拎走了一个
在春天里萌芽的童话

1984.9.7

愿望

认识你的时候
也就刻下你的名字
问青山思恋几许
岁月有多久
记忆便有多久

何必幽径谈画
你就是一幅丹青
何必月下吟诗
你就是一首蝶恋花
恨你
也爱你
恨,就是价值
爱,无需解释

1986.12.22

我把小船划向月亮

请不要责怪我

有时　会离群索居

要知道

孤独也需要勇气

别以为　有一面旗帜

在前方哗啦啦地招展

后面就一定会有我的步履

我不崇拜

我不理解的东西

我把小船划向月亮

就这样划啊

把追求和独立连在一起

把生命和自由连在一起

1988.4.30

那凋零的是花

你的生命正值春光
为什么　我却看到了霜叶的容颜
只因为那面美丽的镜子
　　打碎了
你的眷恋深深
在梦幻旁　久久盘桓

既然伸出双手
也捧不起水中的月亮
那么让昨日成为回忆
也成为纪念

人生并非只有一处
缤纷烂漫
那凋零的是花
——不是春天

1988.5.15

两个人的故事

如果你是一本杂志
赏心悦目的封面
我便是这本杂志
深沉浑厚的封底

那中间厚厚的
是我俩的故事
写满了我们的
忧愁、欢乐、追寻、希冀

我们亲密地联在一起
这些故事是那样诱人
如果我们一旦分离了
诱人的故事便会被降价处理

1985.秋

我还是想

你告诉我
你喜欢寂静
因为舌头多的地方
会有冰凌
关好窗子　锁住门
刮不进雨　也吹不进风

真的，也许躲避
不失为　一种聪明
但我还是想
出去走走
不是因为
我不惧怕寒冷
而是我无法忍受
大地上　没有我的身影

1988.1.8

告别，不是遗忘

我走了
不要嫌我走得太远
我们分享的
是同一轮月亮

雨还会下
雪还会落
树叶还会沙沙响

亲爱的
脚下可是个旧码头
别在上边
卸下太多的忧伤
告别，不是遗忘

1988.8.2

海滨夜话

海风
推开了窗户
月光
悄悄踱进房屋
走近窗口
眺望的你啊
为什么
掬起晶莹的泪珠

是世界太小
盛不下你的辛酸
是世界太大
寻不着你的道路
潮汐不知疲倦地拍打堤岸
远方,历经沧桑的小岛
会对你说
逆境,不是痛苦
顺境,不是幸福

走向银色的沙滩

让思绪在夜色里漫舞

把心事全部抛给大海吧

要倾诉

你就热烈地倾诉

1986.12.10

神奇的宫殿

星期天
到图书馆去
去晒晒地中海的太阳
去淋淋雾伦敦的雨
那真是个富有魅力的地方
宏大、瑰丽
而且神奇

进去前
眼前的景物
还是那么混沌迷离
出来时
世界
就变得很清晰

1985.6.7

忍受

并不是个个能够成为韩信
却几乎人人都学会了忍受
为了一个缥缈的希望
总是在墙壁面前低头

女人们,太能忍受
忍受得快成了地上的草
男人们,太能忍受
忍受得快成了锅里的油

太能忍受的土地
总是贫瘠
太能忍受的天空
总是简陋
学会做一根挺立的桅杆吧
怎样在风暴来临的时候
笔直地举起自己的手

1986.11.23

历史

命运是时代抛起的飞鸟
时代是历史崭新的脚步
月光照耀小路
阳光洒满大路
耸立的城垣
记载着光荣
也诉说着残酷

地上碧绿青草
地下幽幽白骨
历史是一份珍贵的礼物
历史是一部无价的书……

1987.11.25

人在冬天

尽管春天很美丽
可有时候
我还是想回到从前去
回到那白雪飘飘的日子里

捧那晶莹的雪
吸那清凉的空气
在寒风凛冽的时候
就围在暖洋洋的炉火旁
烤着红薯　忆往昔

人在冬天
总是没有距离

1989.1.15

不问，是理解

孩子大了
便成了母亲的心事
母亲的心事
是夏天的树叶
怎么落　也落不尽

母亲也知道
不好总问
问多了
石头也会生气
于是，母亲的脸上
常有一层薄薄的霜翳

咳，母亲
为什么
不学学沉默的父亲
问是爱
不问，是理解

1987.10.9

高山之巅

他站在险峻已极的高山上
向远方眺望
任白云在身边飘动
任飞瀑在脚下轰响
在他惊喜的双眸里
有轻盈的旭日
有苏醒的原野
有起伏的海洋

他陶醉了
陶醉于大自然
鬼斧神工的杰作
却浑然不觉
当他屹立于高山之巅
便把自己也升华为
一帧风光
一座雕像

1985.10.19

赠

人们都说
命运对你格外地恩宠
你却时常忧戚
时常感到心
像幽潭里的石头般沉重

我不敢想
如果你像那些
历经艰辛和磨难的人们
又会是怎样的呢

不过,我相信
只要不对生活期求的太多
你就会感到轻松
就会露出欢容
即使世界萧索
也自会是一片葱茏

1986.春

面对春天的期待

岁月的车轮

无情　越转越快

回首逶迤的车辙

憧憬的荆冠上

不禁飘落

几朵叹息　几片感慨

尽管成功的日子

还遥遥无期

淅淅沥沥的小雨

却不肯离去

仍然　在窗外

久久徘徊

我不知道

是否该打开窗棂

让小雨

飘进屋来

我不知道
面对春天的期待
我该付出
怎样的爱

1988.4.2

缅怀

生命总要呈现灰色
永远新鲜的是岁月的河
别悲哀同夕阳一道消逝的
是我的身影
如果你理解大地的沉默
也就理解了我

拥有时光的时候
还不知道怎样珍惜
懂得珍惜的时候
光阴已不太多
年轻的时候　也曾渴望安逸
年老的时候　总是怀念飘泊
生活并不都是欢乐
回忆却是一首永恒的歌

1987.8.18

年轻的思绪

热爱生命

我不去想是否能够成功
既然选择了远方
便只顾风雨兼程

我不去想能否赢得爱情
既然钟情于玫瑰
就勇敢地吐露真诚

我不去想身后会不会袭来寒风冷雨
既然目标是地平线
留给世界的只能是背影

我不去想未来是平坦还是泥泞
只要热爱生命
一切，都在意料中

旅伴

这一次握别
就再也难以相见
隔开我们的不仅有岁月
还有风烟

有一缕苦涩
萦绕心间
迎着你是雾一样的惆怅
背过身是云一样的思念

命运,真是残酷
为什么　我们只能是旅伴

小城

小城在梦里
小城是故乡
小城的石径弯弯
小城的巷子长长

小城没有
烟囱长长的叹息
小城没有
声音汹涌的波浪

小城的旋律是潺潺的
小城的空气是蓝蓝的
小城是一位绣花女
小城是一个卖鱼郎

前边,有一座小桥

你也沉默
我也沉默
我们中间有一条
无名的小河
默默地流着

你也不说
我也不说
任凭思念的白云
从河面上
悄然飘过

还是走吧
前边,有一座小桥
在河面上架着

线条
——题一幅摄影

简单
是最成熟的美丽
单纯
是最丰富的高雅

苦涩的芬芳

我是多么不情愿
把惆怅也化作诗行
在人生的路上
留下一路苦涩的芬芳

可是,总有这样的时候
忧郁似雾
遮住了路
也遮住了阳光

恋人不在的时候
我期待友人
友人不在的时候
我寻找心灵的太阳

那一行行饱蘸真情的文字
既有失落　更有坚强

让我们把生命珍惜

世界是这样的美丽
让我们把生命珍惜
一天又一天
让晨光拉着我
让夜露挽着你

只要我们拥有生命
就什么都可以争取
一年又一年
为了爱我们的人
也为了我们自己

馈赠

即使我们有
也不要随便地给予
轻易能够得到的东西
别人往往不珍惜

过于慷慨
有时,倒不如
过于吝惜

一支红蔷薇
要比一簇红蔷薇
更富有魅力

美好的情感

总是从最普通的人们那里
我们得到了最美好的情感
风把飘落的日子吹远
只留下记忆在梦中轻眠

善良,不是夜色里的松明
却总能把前途照亮　热血点燃
真诚,不是春光里的花朵
却总能指示希望　把憧憬编织成花篮

往事总是很淡很淡
如缕如烟
却又令人　难以忘怀
感激总是很深很深
如海如山
却又让人　哑口无言

看海去

走啊
让我们看海去
为了实现那个蓝色的梦想
也为了让年轻的心
变得更加坦荡和宽广

在海边
哼一支心底的歌
有浪花轻轻伴唱
属于我们的
永远是欢乐　不是忧伤

面对波涛滚滚的大海
该遗忘的遗忘
该畅想的畅想
海岸边伫立的不是夕阳
——是我们
我们心里盛满的不是死水
——是波浪

妙龄时光

不要轻易去爱
更不要轻易去恨
让自己活得轻松些
让青春多留下些潇洒的印痕

你是快乐的
因为你很单纯
你是迷人的
因为你有一颗宽容的心

让友情成为草原上的牧歌
让敌意有如过眼烟云
伸出彼此的手
握紧令人歆羡的韶华与纯真

一个梦

在有自由的时候
我不能没有你
在没有自由的时候
连我也不属于自己

我的梦　是鸽子的梦
圣洁而美丽
给我辽远的天空
和一小块栖息的土地

不只是一碗水
不只是一抔米
那是一种恩赐
不是生命的逻辑

女演员

最漂亮的
是她那双美丽的眼睛
最动人的
是她那张娟秀的脸庞
可是冬日
她常爱捂一个口罩
——不是为了挡风
可是夏日
她常爱戴一副茶镜
——不是为了遮阳

当和她一样
正处在鲜花般年龄的
姑娘们
骄傲地向阳光
向白雪　向世界
展示自己姣美的容颜时
她却不得不遮遮掩掩

给父亲

你的期待深深
我的步履匆匆
我知道
即使步履匆匆
前面也还有
太多的荆棘
太远的路程

涉过一道河
还有一条江
翻过一座山
又有一架岭
或许
我就是这跋涉的命
目标永远无止境
有止境的是人生

悄悄话

过来
告诉你一个秘密
不和云说
不和星说
只和你说

后来,那个秘密
长上了翅膀
她生气了　却不知道
泄密的不是别人
正是自己

洁白的歌

天空一定是微笑的
大地一定是慈祥的
风儿一定是温柔的
因此，才有这支洁白的歌

孩子的梦一定是蓝的
老人的泪一定是甜的
年轻的心一定是温馨的
因此，才有这支洁白的歌

过去一定是萧条的
现在一定是美丽的
未来一定是缤纷的
因此，才有这支洁白的歌

旅程

意志倒下的时候
生命也就不再屹立
歪歪斜斜的身影
又怎耐得
秋叶萧瑟　晚来风急

垂下头颅
只是为了让思想扬起
你若有一个不屈的灵魂
脚下，就会有一片坚实的土地

无论走向何方
都会有无数双眼睛跟随着你
从别人那里
我们认识了自己

想象

那不是
纤细的手指
那是流淌的琴声

那不是
流淌的琴声
那是空谷的鸟鸣

那不是
空谷的鸟鸣
那是苏醒的早晨

那不是
苏醒的早晨
那是一个女孩沉思的倩影

凝视
——题一幅摄影

是什么使她忧郁
是什么使她沉静
房子无语
树　无声

那么对面呢
对面　或许有双
让我们浮想联翩的
眼——睛

应该打碎的是梦

世事多迷离
当秋风从远方走来
飘零便成了落叶的踪迹

秋叶或许可以
觅到一个美丽的归宿
然而秋叶总是不如
秋风的随意

应该打碎的是梦
不是真实的自己

南方和北方

南方的水　温柔明丽
北方的山　豁达粗犷
两行飞转的轮子
曾载我几度南来北往

我出生在南方
心,热恋着我生长的北方
我爱北方汉子的性格
像北方秋季的天空
——天高气爽
我爱北方姑娘的容颜
像北方冬天的雪花
——皎洁漂亮
啊,我的北方

我生长在北方
心,常常思念我出生的南方
我赞美南方的土地

镶嵌着数不清的鱼米之乡
我赞美南方的山水
曾孕育了多少风流千古的
秀女和才郎
啊,我的南方

我爱北方　也爱南方
我赞美南方　也赞美北方
长江两岸的泥土和山水啊
都像母亲一样亲切、慈祥

无题(二)

我可以拒绝一切
却无法拒绝寂寞
如果有人背叛你
总是在落魄的时刻

也会有人送来慰藉
如天国降临的使者
在无法报答的日子里
只有默默地记着

春寒时节不说
秋雨时节不说
真待说时
不见花开　只见花落

晚归

每一个黄昏
都是绮丽的风景
潺潺的河水
流着青山的倒影

每一个归人
都有田野的芳馨
悠悠的扁担
挑着对大地的深情

你来

你来
便有一种温暖　潜入心怀
眼睛不由发亮
额头也变得很有光彩

你来
便为青春的际遇欣喜
便为似水的流年悲哀
便知道　与其埋下悔恨
不如植下热爱

你来
清风就来
你来
海潮就来

春天来了

语言
遗失了风韵
最悦耳的
是天籁的声音
河流欢笑起来
绿柳垂钓着白云

杏树的枝头
挂满五颜六色的目光
每一阵风里
都有数不清的追寻

自然的女儿
已经到了出嫁的年龄
美丽的脸庞
泛起了红晕

人们步履轻盈

走向缤纷的剧场
聆听春风的手指
拨响大地的竖琴

致理想

你不是神话里缥缈的梦幻
你是现实中一团燃烧的火焰
当你在茫茫夜海里闪现
便是对我的无声召唤
于是,我扬帆向你驶去
怀着无比的坚毅和勇敢

也许途中
风雨会把船帆撕碎
也许途中
恶浪会把桅杆打断
但,永远打不断的是脊骨
永远撕不碎的是信念
小船在风雨里破浪穿行
啊,我是海燕
——我是海燕

读书的少女

捧起课本
捧起一面洁白的帆
阳光明媚的湖畔
是船儿停泊的港湾

正是灿烂的岁月
正是芬芳的华年
湖面上
闪烁着两颗充满期冀的星
心飞向遥远

她憧憬着
有一天
在蔚蓝的波涛上
让白色的帆
迎风，骄傲地舒展

雨夜

雨淅渐沥沥地下
像是诉说
也像是回答
没有星星的夜晚
流水是最好的家

石子铺成的小路上
一顶草帽
就是一阕词
一把动听的吉他
不论推开门
或者关上窗子
心都没有篱笆

到这里来
到一株海棠树下
滴溜溜的雨水
洗长长的睫毛如画

女孩　拣起一朵朵娟秀
不知是爱怜自己
还是惋惜那遍地落花

荣誉

因为年轻
才那样渴望获得
因为成熟
又把获得的遗弃
得到的东西
不再是我憧憬的
我所憧憬的
是还没有得到的东西

奖牌　是一阵风
金杯　是一阵雨
跋涉才是太阳啊
永恒地照耀
心灵的土地

无题（三）

梦中的伊甸园
没有刺
长长的叹息
总在醒来时

不愿意梦醒
却也不愿意长眠
有时，最孱弱的生存
也蕴含铁的意志

渴望生
不是因为惧怕死
黑夜的虚幻
分娩了黎明的真实

冬天的童话

放假了
他没有回家
南方的孩子
想看看北国的雪花

在那个假期
同学们家里
长出一个个清亮亮的故事
老教授的客厅
也结出一串串水凌凌的笑话

他也收获了许多
用透明的水晶盛满的祝愿
当他举起美丽的祝愿
就像捧起了　晶莹的雪花

纪念

命运可以走出冬天
记忆又怎能忘却严寒
春天，是个流泪的季节
你别忘了打伞

当你走向萧索
我知道
你不是喜欢孤单
当你泪花闪烁
我知道
你不是悲哀　而是喜欢

沧桑抹去了青春的容颜
却刻下纵横交错的山川

如果生活不够慷慨

如果生活不够慷慨

我们也不必回报吝啬

何必要细细地盘算

付出和得到的必须一般多

如果能够大方

何必显得猥琐

如果能够潇洒

何必选择寂寞

获得是一种满足

给予是一种快乐

秋日的思念

你的身影离我很远很远
声音却常响在耳畔
每一个白天和夜晚
我的心头
都生长着一片常绿的思念

如果我临近大海
会为你捧回一簇美丽的珊瑚
让它装点你洁净的小屋
如果我傍着高山
会为你采来一束盛开的杜鹃
让春天在你书案前展露笑靥

既然这里是北方
既然现在是秋天
那么，我就为你采撷下红叶片片
我已暮年的老师啊

这火红火红的枫叶

不正是你的品格

你的情操　你的容颜

感叹

放学了
他俩只是走在一起
走在一起
便成了一道作文题

同学先做
老师后做
家长最后做

世上
多了三篇文章
人间
少了一份美丽

白雪情思

风是树的爱人
雪是春的笑靥
冬日里
有多少玉树琼花
就会有多少人心雀跃

轻盈飘舞是美丽
肃穆安详是高洁
即便寒凝大地啊
也温暖了我们的心

感谢

让我怎样感谢你
当我走向你的时候
我原想收获一缕春风
你却给了我整个春天

让我怎样感谢你
当我走向你的时候
我原想捧起一簇浪花
你却给了我整个海洋

让我怎样感谢你
当我走向你的时候
我原想撷取一枚红叶
你却给了我整个枫林

让我怎样感谢你
当我走向你的时候
我原想亲吻一朵雪花
你却给了我银色的世界

雪野

曾袭来狂舞的雪
曾吹来肆虐的风
风雪杀戮后的原野
并非是一片凄清

风,割不断生命
雪,扑不灭歌声
那条蹒跚的足迹
印下了走向春天的历程

待蓝天一行大雁鸣
方知,却原来
雪是俏丽
风是峥嵘

桥

就这么日复一日地流着
不知已流了几多时光
就这么年复一年地架着
不知已承受了多少风雨

只有那两岸的窗棂
有时关　有时启
人世，已是物换星移
岁月，却没留下多少痕迹

三月

你还没有来
思念就已经发亮
我有一个蒲公英的梦
在时光的背后隐藏

想吗
真想
春天的柳絮
纷纷扬扬
但,那不是轻狂

雨很甜
云很秀
风很香
哦,三月
三月深处
是淋湿了的故乡

不仅因为

日子可以是普普通通的
却不甘心
生命也普普通通

如若为土
为什么
不能是山冈

如若为水
为什么
不能是波浪

如若为植物
为什么
不能是白杨

如若为风景
为什么

不能黯淡了所有风光

总是向往大海
不仅因为
那是一个迷人的梦境

总是追寻流云
不仅因为
那是一件美丽的衣裳

致我的热情

我有太汹涌的热情
是因为我有太多的梦
即便在寒风凛冽的日子里
我的热情
也不会结冰

既然相信春天必然来临
为什么不相信
命运也会有黎明
抬起曾经迷惘的头颅
却原来满天都是星星

思想者

我信奉真实
却不信奉谶语
我崇拜真理
却不崇拜权力

你征服了我的心
也就征服了我的躯体
你占据不了我的思想
就什么也没占据

孤独

追求需要思索
思索需要孤独
有时，凄清的身影
便是一种蓬勃
而不是干枯

两个人
也可以是痛苦
一个人
也可以是幸福

当你从寂寞中走来
道路便在你眼前展开

我已经长大了

这是一次漫长的跋涉
请你不要搀着我
你给了我力量
我却会失去欢乐
我已经长大了

前面的山峰巍峨
请你不要拉着我
你给了我温暖
我的攀登又算什么
我已经长大了

有一天我淌出了眼泪
请你不要为我擦拭
相信江水冲不垮堤岸
我会笑得比你还出色
我已经长大了

岁月从身旁匆匆流逝
请你不要离开我
无论太阳还是星光
我都渴望
我已经长大了

惟有追求

生活是一望无际的大海
我是大海上的一叶小舟
大海没有平静的时候
我也总是
有欢乐　也有忧愁

即使忧愁
如一碗苦涩的黄连
即使欢乐
如一杯香醇的美酒
把它们倾注在大海里
都太淡了　太淡了
一如过眼烟云
不能常驻我心头

惟有追求
永远和我相伴
在风平浪静的时候
也在浪尖风口

但是，我更乐意

为什么要别人承认我
只要路没有错
名利从来是鲜花
也是枷锁

无论什么成为结局
总难免兴味索然
流动的过程中
有一种永恒的快乐

尽管，有时我也祈求
有一个让生命辉煌的时刻
但是，我更乐意
让心灵宁静而淡泊

为了明天

我们现在所做的一切
都是为了明天
明天　并不遥远
当为了一个神圣的期待
甚至可以献出一切
我们已不需要
再发什么誓言

没有比为了明天
更激动人心的事了
就像一个太阳
能使万物都戴上绚丽的光环
尽管我们相视无语
却已了然
我们将去走的路
会像金子一样诚实
不含有任何闪着光泽的欺骗

我的河

早想有一个人
能让我把深情诉说
今天我却依然沉默
沉默
是一条冰封的河

在我记忆的树梢上
白云轻盈飘荡
星空神秘闪烁
只是还没有小路和紫荆花
编织的那支动人的歌

我的河
习惯了沉默
却绝不冷默
它无时不在呼唤
明媚的春天
它无时不在寻觅
那潭美丽的湖泊

走,不必回头

走

不必回头

无需叮咛海浪

要把我们的脚印

尽量保留

走

不必回头

无需嘱咐礁石

记下我们的欢乐

我们的忧愁

走

向着太阳走

让白云告诉后人吧

无论在什么地方

无论在什么时候

我们
从未停止过前进
从未放弃过追求

惜时如金
——题一幅摄影

用心灵追赶金色的时间
用憧憬编织绚丽的花环
捧起庄严的书本
走向风
走向雨
走向大自然

思索在历史的沙滩
听大海弹奏如泣的慢板
摆动不懈的双脚
耸起巍峨的信念
让今日的宁静
掀起明天的狂涛巨澜

古剑

岁月流去了
流不去的是一身锋芒
还是昆仑凝雪
还是南海波光
依稀中原逐鹿古战场

把杯举起来
把月挑起来
把剑舞起来
愿人生如剑
立起——寒光四射
躺倒——四射寒光

春天的儿女

为了明媚的春光
也为了不辜负你的美丽
挺起你的胸膛吧
春天的儿女
虽然远方的燕子
还没有飞来
虽然北风的呼啸
还显得有些凄厉
但春天终会来的
谁也不能阻挡
那波涛一样的绿色旋律

啊,春天的儿女
不要再迟疑
晦暗的日子
终究会成为过去
面对冰雪的欺凌
你该坚强忍耐

你要无所畏惧
斗争是为了灿烂的憧憬
憧憬是为了无悔的追忆

向世界庄严地宣告吧
花的河流
必定要奔腾不息
帆的船队
必定要航行在晴朗的天宇
春天的儿女啊
必定要前进在春天的队伍里

期望

给我你的友谊
不是在风光旖旎的时候
给我你的爱情
不是在群芳争艳的时候
给我你的温暖
不是在春回大地的时候
给我你的支援
不是在山巅欢呼的时候

给我你的真诚吧
在真诚被淹没了的时候

友情

有了友情
就少了许多烦忧
阴郁的叶子
便不会落在土里
而会浮在水面上
向远方飘流

友情是溪是河
是一种清新的空气
在身前背后
我是这样
难以离开友情
就像面对葱茏的风景
怎么能不　驻足停留

真的

真的,别那么晦涩
如果要显示机智
还不如来点儿幽默
哪怕思想
深奥如变幻的魔方
也不要像
猜不透的火柴盒

洞串你的玄虚太累
太累了容易使人睡着

我知道

欢乐是人生的驿站
痛苦是生命的航程
我知道
当你心绪沉重的时候
最好的礼物
是送你一片宁静的天空

你会迷惘
也会清醒
当夜幕低落的时候
你会感受到
有一双温暖的眼睛

我知道
当你拭干面颊上的泪水
你会灿然一笑
那时，我会轻轻对你说
走吧　你看
槐花正香　月色正明

请你原谅

阳光纵然慈祥
也没有力量
让每一棵果树
都挂满希望
我们怎能责怪太阳

我纵有爱心
也没有可能
圆你每一个
绮丽的梦想
因此,请你原谅

致友人

我没有太多的话
告诉你
走什么路　全在自己
只是愿你
不要太看重红色的花
和金色的果
不要太看重
名利　与　荣誉

即使没有辉煌的未来
如果能有无悔的往昔

开头

从春到夏
从夏到秋
你在寻求
我也在寻求
也许　命中注定了
我们还不该聚首

该是冬了
冬,似乎不是好兆头
真的不是吗
——从冬天开始
不正象征着
从纯洁开头

送别

送你的时候
正是深秋
我的心像那秋树
无奈飘洒一地
只把寂寞挂在枝头
你的身影是帆
我的目光是河流

多少次
想挽留你
终不能够
因为人世间
难得的是友情
宝贵的是自由

过去的岁月

过去的岁月
总也难以忘怀
不能忘怀
是因为我们付出了爱

铃兰花开的时候
我们欢笑着跑过去
白毛风吹来的日子里
我们咬紧牙关挺过来

不论今天
我们在哪里相聚
或在哪里分手
忆及往昔
总忍不住
滚滚热泪　濡湿襟怀

日子

总是觉得日子这样简单
走过去的道路那么平凡
没有几多郁悒　可以铭记
也没有多少欣喜　值得流连
秋色萧索复萧索
春光烂漫又烂漫

即便如此　我又怎能
——忘却从前
即便如此　我又怎么能不
——向往明天
希望在不断的寻找中失去
憧憬在不断的失去中再现

失落

她美丽皎洁
可惜总没有纱裙如雪
她举止典雅
可惜总不见如花笑靥
她心地善良
可惜上帝打起了瞌睡
她只有一颗心
却还是被风暴撕裂

常常

常常都是这样
开头的时候璀璨
结束的时候
却难以辉煌
长长的流水
灌溉了那么多的
无奈和忧伤

男儿总是心碎
女儿总是流泪
留在心底的遗憾或爱
总比恨要长
过去那一段情
成了掉在地上的画框

岁月，是一本书

岁月，是一本书
我用整个身心在读
一年又一年
我读得很幸福
也很辛苦

有一天
妹妹对我说
这样生活
你会很快老的
我反驳她说
不，这不叫衰老
——叫成熟

过去

过去
是什么

过去是路
留下蹒跚的脚步无数

过去是雾
近的迷蒙　远的清楚

过去是湖
回忆，是掠过湖面的白鹭

感觉

欢乐总是太短
寂寞总是太长
挥不去的
是雾一样的忧伤
挽不住的
是清晨一样的时光

能把这一切记住的
惟有笔
和一颗无垠的心
满含期待的眼睛
——热泪盈眶

1988.10.7

生命之爱

我渴望走进
你的生活里去
不是为了
破译秘密
面对变幻无穷的季节
谁能奢望　一览无余

我将用整个生命爱你
却也会始终属于自己
回首我们相处的日子
你会发现
没有秋天
只有秋天留下的些许痕迹

总想爱得潇洒

总想爱得潇洒
不辜负青春明丽的韶华
如果要爱
就爱得有声有色
如果要走
就走得无牵无挂

谁料
秋瑟难忘春花时
欲想潇洒
偏难潇洒
拿是拿得起
放却放不下

她

宁肯像种子一样等待
也不愿像疲惫的陀螺
旋转得那样勉强
尽管冬天的路
可能还要延续很长很长
她却相信
这丰腴的土壤

爱是纯真的
不爱也是纯真的
失去纯真
换取一袭轻柔的白纱
白纱也会变得冰凉

别等

别等
那一朵芳香的花
向你飘来
飘来了
如果已失去了风采

别等
那一簇美丽的浪
向你涌来
涌来了
如果已没有了澎湃

别等
那一缕温馨的风
向你吹来
吹来了
如果已不再透明

别等

别等

在溪水是勇敢

在青山是豪迈

有时

有时
只拈起一枚邮票
也足以让人流泪
远方那条可爱的小船
是否　也有几分憔悴

有时
只收到一只白鸽
也很能令人陶醉
那枉称深深的海洋啊
是否　也知道羞愧

祝福

真的,别再送了
你已经陪我
走了好几站路
我不愿
缩短我的寂寞
延长你的孤独

你想给予
我也想付出
此刻,我不需要什么
只想你能送我
一个皎洁的祝福

我愿

我愿
我是一本
你没有翻过的书
翻了
就不想放下

我愿
我是一片
你没有见过的风景
见了
就不想离开

我愿
我是一首
你没有听过的乐曲
听了
还想再听

我愿
我是一个
无比瑰丽的梦境
让你永远永远
也走不出

梦中的期待

你走来的时候
我的期待在远方
你离去的时候
我才明白
你就是我
梦绕魂牵的期待

命运,有时像个
调皮的女孩
制造了许多懊恼
却又悄悄躲开
天空还是昨日的天空
云彩不是昨日的云彩

图书在版编目（CIP）数据

汪国真经典代表作.Ⅰ/汪国真 著.-- 北京：作家出版社，2017.7（2024.10重印）

ISBN 978-7-5063-9614-1

Ⅰ.①汪… Ⅱ.①汪… Ⅲ.①诗集–中国–当代 Ⅳ.①I227

中国版本图书馆CIP数据核字（2017）第186374号

汪国真经典代表作 Ⅰ

作　　者：	汪国真
统　　筹：	张亚丽
责任编辑：	秦　悦
装帧设计：	语可书坊・于文妍
出版发行：	作家出版社有限公司
社　　址：	北京农展馆南里10号　　邮　编：100125
电话传真：	86-10-65067186（发行中心及邮购部）
	86-10-65004079（总编室）

E-mail:zuojia @ zuojia.net.cn

http://www.zuojiachubanshe.com

印　　刷：	三河市紫恒印装有限公司
成品尺寸：	125×188
字　　数：	90千
印　　张：	7.75
版　　次：	2017年8月第1版
印　　次：	2024年10月第7次印刷
ISBN	978-7-5063-9614-1
定　　价：	39.80元

作家版图书，版权所有，侵权必究。
作家版图书，印装错误可随时退换。